LÉON [illegible]

LES AMOUREUSES

CONTES ET CHANSONS

PARIS

[illegible]

DENTU, LIBRAIRE

[illegible]

LES AMOUREUSES

LÉON JACQUES

LES AMOUREUSES

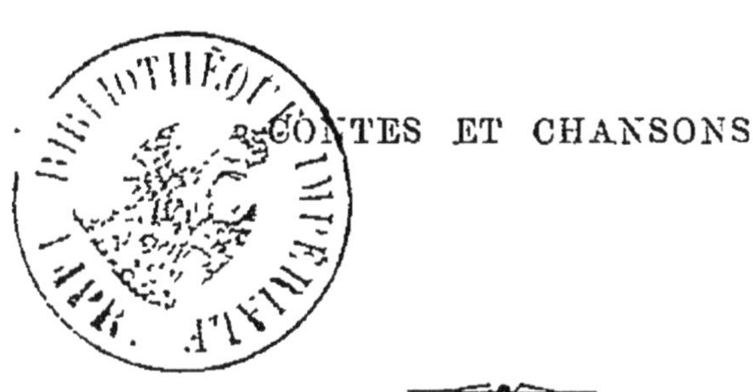

CONTES ET CHANSONS

LIÉGE

F. RENARD ÉDITEUR

PARIS

E. DENTU LIBRAIRE

1861

BRUXELLES
TYP. DE Ve J. VAN BUGGENHOUDT
rue de Schaerbeek, 12

A MES LECTRICES

Au coin du feu, j'écoutais hier deux dames.
L'une disait : « L'homme n'est qu'un oison. »
L'autre : « Pour moi, je me rirais des femmes
Si Dieu m'avait daigné créer garçon. »

La fille d'Ève aime qu'on la querelle ;
Elle sourit à qui la blesse au cœur ;
Les compliments n'ont accès auprès d'elle
Que débités sur un ton persifleur.

Elle combat, recule avec prudence.
Adroit celui qui pourrait la dresser,
Si sa faiblesse ou son imprévoyance
N'aidait, hélas ! à la faire... glisser.

Attaquer, fuir, c'est là toute sa vie ;
(Dieu fit la femme et Dieu ne pèche en rien)
Mais de lui plaire, oh ! je n'ai nulle envie ;
Aussi ce livre en dira-t-il du bien.

INEZ

Arreste un peu, mon cœur, où vas-tu si courant?

Ph. Desportes.

INEZ

CONTE

I

En tous genres d'ennuis que la terre est féconde !
A peine j'ai vingt ans, je suis lassé du monde.
Peu de chose eût suffi pour combler mes désirs :
Quelques cigares fins, quelque vieux romanée,
Une jeune rosière avec dot et bien née ;
Réclamais-tu, mon cœur, d'impossibles plaisirs ?

Sans cesse, les maris se plaignent du ménage ;
D'eux aussi je me plains, tant je suis bienveillant ;
Je possède en ma cave un bourgogne excellent ;
Exquis est mon tabac ; sérieux ou volage,
Tout visiteur me plaît qui trinque sans façon.
Quant à ma femme..., hélas ! je suis encor garçon.

Vous ne connaissez pas une fille bien faite,
Non trop riche d'esprit ? — Je la cherche toujours.
Ah ! si je la tenais, sans lui conter fleurette,
Comme elle saurait vite où nichent les amours !
J'entends que mon *épouse* ait nom d'être jolie.
J'adore les yeux bleus et la mélancolie,

Des yeux doux et trompeurs, à brûler d'un regard ;
Une bouche rosée, à damner d'un sourire ;
Des cheveux noir de jais ou bruns, à tout hasard,
Et des charmes... Dieu sait quels appas je désire !
Sans cesse, avec le mien son cœur battra d'accord.
Exiger du bon sens ce serait par trop fort !

Peu de filles, d'ailleurs, parviennent à me plaire ;
Non que je sois doué d'un mauvais caractère ;
J'ai la vue assez faible : en les rendant plus nets,
Le lorgnon du myope amoindrit les objets ;
Or, je porte un lorgnon : voilà pourquoi la femme
Me semble posséder une si petite âme:

Pourquoi la mieux dotée au dire de chacun,
N'a pas, à mon avis, le moindre sens commun ;
Pourquoi pour moi la prude est loin d'être pucelle,
Pourquoi la moins sensible est encore infidèle,
Pourquoi l'homme lui-même est un sot animal
Qu'un minois défloré mène au lit conjugal,

Pourquoi... Ne croyez point que je sois misanthrope;
J'en atteste le ciel, je ne suis que myope ;
Contre l'humanité m'ériger en censeur !
Moi?—Ceux qui me sont chers, je les vois sans lunettes;
J'examine à l'œil nu ma maîtresse et son cœur,
Mes lecteurs, mes amis, les enfants, les poëtes.

Une reine de France, en l'absence du roi,
Choyait un joli page, adolescent à peine :
« Tu seras quelque jour un vaillant capitaine,
Un chevalier, croisant le glaive sans effroi;
Qu'aimeras-tu le plus, la guerre ou le tournoi?
— Permettez-moi, dit-il, de préférer *l'arène.* »

Si vous me demandiez : « Voulez-vous, mon ami,
D'une femme lascive ou bien d'une intraitable? »
Pour moi, je répondrais : « Je préfère le diable ! »
Car le diable du moins se contente à demi.
La volupté jamais ne peut être tarie
Et l'amour est tué par la bigoterie.

N'en déplaise aux cafards, les dragons de pudeur
Ont damné de tous temps leurs maris par ferveur.
Si Satan traque l'homme, il n'en veut qu'à son âme;
Tant pis pour les don Juan! Satan vaut mieux cent fois :
Le cynisme éhonté, quand il a fait son choix,
C'est le cœur et le corps qu'il brûle de sa flamme.

Hymen, ô chaste hymen, qui t'égale en vertu ?
L'homme qui se marie est un homme perdu.
— D'autre part, cependant, rester célibataire,
Avoir force neveux, exercés à vous plaire,
Pendus à vos côtés, liés à votre sort,
Priant Dieu, chaque jour... d'avancer votre mort,

Est un état fâcheux : insensé qui s'immole !
Ici-bas, j'entrevois deux genres de bonheur :
L'amour d'une ingénue, — astucieuse et folle, —
L'espoir de devenir un vieil oncle — prêteur. —
Célibat, je te hais ; hymen, je te querelle...
Entre ces deux écueils voguez, ô ma nacelle !

Mais vous, qui, sans effort, m'avez su deviner,
Vous, qui n'ignorez rien,— hormis l'art d'être sage,—
Madame, oseriez-vous ici m'abandonner ?
Mon livre parlera d'amour à chaque page.
Allons, ô jeune mère, ô joyeux chérubin,
Aux longs cheveux bouclés, mettez-vous en chemin.

Je tiens à voyager en belle compagnie,
Si le trajet est court et la route aplanie;
Il arrive parfois, qu'abrégeant son sommeil,
J'enlève quelque nymphe, au lever du soleil;
Puis, libres et contents, nous folâtrons ensemble
Dans les champs, dans les prés, enfin où bon nous semble,

Heureux d'être en plein air; oui vraiment, gais ma foi!
Comme deux papillons bercés sur une rose.
Je cueille des bluets, ou je cueille autre chose;
Les bluets sont pour elle et le reste pour moi.
Quand de la fleur des blés j'ai décoré sa tête,
Lucie a tant d'attraits que l'abeille s'arrête,

Prenant sa bouche aussi pour une tendre fleur.
Étendu mollement auprès de ma maîtresse,
La campagne me donne une telle allégresse
Qu'écoutant se parler l'onde et l'oiseau chanteur,
Je m'imagine ouïr la voix de la Tendresse
Mêlant ses doux accords à ceux de la Pudeur.

Lorsque j'y réfléchis, je renonce à la noce.
En marchant à l'autel, tout est bien, tout est bon ;
A peine sommes-nous descendus de carosse,
Que madame déjà s'arroge un autre ton,
Réplique à son mari, le chicane, le gronde,
L'appelle *vous* chez elle et *tu* devant le monde —

Et galants aussitôt d'assaillir la maison.
Si l'époux s'en émeut : « Pensez-vous, dit l'épouse,
Que je veuille, cédant à votre humeur jalouse,
Changer ma joie en pleurs, ma demeure en prison ? »
Que répondre à ceci, la femme étant nerveuse,
Sinon : « Mon petit cœur, j'y consens, sois heureuse. »

II

A dix-sept ans, Inez quittait la pension.
Au sortir du couvent, toute fille est naïve,
Douce comme l'agneau, vertueuse, craintive,
Elle n'éprouve encore aucune passion,
Sinon pour les martyrs, le Christ ou la Madone;
Au moindre mot badin son petit sein frisonne.

O public insensé, voilà ce que tu dis ;
Mais souffre qu'avec toi je diffère d'avis.
Au sortir du couvent, toute fille est rusée,
— Excepté la lectrice, — et trouve que le bien,
Dans ce siècle, du mal ne se distingue en rien,
Tous portant la vertu sur le front apposée.

Que faire en pension pour charmer ses loisirs ?
Comment tromper l'ennui, dont le muet langage
Sait mieux perdre les cœurs que le libertinage ?
Accourent les pensers, les pudiques désirs ;
Electrisés, les sens s'éveillent ; on babille,
On parle d'amoureux, on se sent jeune fille.

De l'aube jusqu'au soir, du soir jusqu'au matin,
L'écolière ne peut ajuster du satin.
Déjà folle et rieuse, agaçante et tout flamme :
J'ai quinze ans, pense-t-elle ; à cet âge, on est femme !
Quelle existence ici ! Je me lève en bâillant ;
En bâillant j'étudie et je bâille en priant.

Que m'importe si Rome a terrassé Carthage,
Si le grand Scipion est moins grand qu'Annibal?
Quand pourrai-je,ô mon Dieu! m'échappant de ma cage
Voltiger à ma guise et sautiller au bal,
Au bal, mon paradis? Je ne suis point vilaine :
Ah! que de cavaliers gémiront sous ma chaîne.

Elle raisonne ainsi, que ne fait-elle pas?
L'enfant qui d'amoureux rêve toute éveillée,
S'irrite d'être encore au couvent surveillée,
Se plaint à sa compagne : elles causent plus bas;
L'esprit malin s'en mêle; un jour, de guerre lasse...
Lorsqu'on n'a pas d'amant, entre nous, on s'en passe.

Inez était de taille à briller à la cour.
Sur sa noire jument, on la trouvait jolie
Et, certes, je l'aurais aimée à la folie
Si j'avais eu le temps de m'occuper d'amour.
Jaseurs comme un souris, comme l'onde perfides,
Qui verrait sans danger ses yeux bleus et limpides?

Pour qualités, Inez avait l'ambition,
L'égoïsme, un cœur froid, l'envie et la paresse,
De l'esprit, des talents, l'orgueil d'une pairesse,
Enfin, ce qu'on acquiert en haute pension. —
J'ignore encore, ô femme, instruite à telle école,
Pourquoi l'homme, entraîné, sur vos autels s'immole ;

Pourquoi, terrifié d'avoir médit de vous,
Des larmes dans la voix, je tombe à vos genoux ;
Dans mon enivrement, je vous appelle reine,
Puis, fort de mon pardon, je m'en souviens à peine.
Quels que soient vos défauts, vos erreurs, vos travers,
Toujours vous dicterez des lois à l'univers.

Car un philtre est en vous, si doux, qu'il nous attire ;
En vain de nos projets, nous voulons vous proscrire :
C'est vous que nous cherchons pour prix de nos travaux.
Un mot de votre bouche engendre le courage ;
Le succès obtenu devient votre apanage ;
Afin que vous l'aimiez, l'homme se fait héros !

Au souffle créateur Ève naquit si belle
Qu'Adam, émerveillé, se courba devant elle ;
Le ciel, en châtiment, le bannit ici-bas.
Depuis lors, les humains, vous prenant pour déesse,
Entre vous et leur Dieu partagent leur tendresse :
Avant de le connaître, ils vous tendent les bras,

Avant de l'honorer, ils chérissent leur mère.
Sorti de votre sein, élevé sous vos yeux,
L'enfant apprend de vous à révérer les cieux ;
Bientôt, adolescent, il s'attache à vous plaire :
De l'enfant sort un homme.—Il vous maudit un jour...
Femme, pardonnez-lui, c'est par excès d'amour.

III

Le sol est réchauffé ; l'été vient de renaître.
Ma petite voisine, assise à sa fenêtre,
Caresse du regard les églantiers en fleur ;
La vie est en tous lieux ainsi que dans son cœur.
La blanche marguerite argente les prairies ;
Les monts ont retrouvé leurs vertes draperies.

Sous la mousse, craintif, se glisse le lézard ;
La perdrix court les champs; les fauvettes s'appellent;
Entre eux, les oisillons dans leur nid se querellent ;
Autour de nous s'agite un peuple babillard.
Comme un ciel sans nuage embellit la nature !
Que de feux, de couleurs, de festons pour parure !

Le monde se revêt d'un voile radieux;
Les zéphirs, en jouant, ondulent la bruyère ;
Le chêne s'est orné des guirlandes du lierre ;
L'azur, la pourpre, l'or, les bruits harmonieux,
La grâce, la splendeur, les ombres, la lumière,
Tout s'unit pour charmer et l'oreille et les yeux.

Avec l'hiver, le riche a délaissé la ville ;
Le salon est désert, triste comme un tombeau ;
Chacun va demander un plaisir plus tranquille
A la ferme paisible, au rustique château.
Vous, candides enfants, suppliez votre père
De vous montrer aussi les trésors de la terre.

Votre âme, pour jouir, se contente de peu :
Suivis de votre mère, au fond d'une vallée,
Sans soucis, mes oiseaux, prenez votre volée.
Vous êtes aussi purs que le firmament bleu ;
Par l'éclat des vertus votre aile est étoilée ;
Que l'innocence, enfants, bien tard vous dise adieu !—

Par un de ces matins où l'âme est si joyeuse,
Où tout s'éveille, rit et chante, un colonel
Gravissait le perron du plus joli castel
Qu'ait vu le voyageur sur les bords de la Meuse.
Quelques rides au front, un regard enflammé
Témoignaient qu'il aimait, avait beaucoup aimé.

Il semblait indécis ; sa marche était craintive :
Le voudrait-elle voir ? et que lui dirait-il ?
N'apercevait-il pas la double alternative
D'aggraver ses chagrins, de la mettre en péril ?
N'allait-elle pas fuir, blessée, à son approche ?
D'une main convulsive il agita la cloche.

La soubrette d'Inez sur le seuil se montra.
« Ma ravissante enfant, madame de Moha
Peut-elle recevoir ? » fit-il avec courage.
— Fraîche comme le lys, riche de son jeune âge,
Pouvant donner en dot deux cents mille écus d'or,
Inez avait soudain pris un splendide essor.

Dans sa petite tête, elle rêva noblesse,
Portique blasonné, grand nom, faste de cour
Et son ambition triompha de l'amour.
En amorce aux titrés étalant sa richesse,
Elle étonna Paris, s'en fut aux villes d'eaux,
Fit primer ses jockeys, fit courir ses chevaux.

Jusqu'au jour où l'hymen lui prêta sa couronne.
Blanches et chastes fleurs, comme elle tressaillait
De fierté ! De remords, comme elle défaillait
En recevant du prêtre un titre de baronne !
Pour elle vous cachiez une source de pleurs :
Que ne vous foulait-elle aux pieds, funestes fleurs !

Le colonel entra. — La belle châtelaine,
Reconnaissant Luis, sentit son front rougir ;
Était-ce impression, surprise, souvenir ?
« Je vous croyais parti, monsieur, pour la Touraine.
Dit-elle, en l'accueillant de son plus doux regard ;
L'ordre que j'ai donné ne souffre aucun retard :

Si monsieur de Moha... — Ce nom-là me déchire,
Il m'exaspère, Inez ; de la bouche et du cœur,
Si vous ne le portiez, j'oserais le maudire ;
Il suscite en mon sein une secrète horreur ;
A toute heure et partout, que je veille ou sommeille,
Triste comme le glas, il tinte à mon oreille.

De Moha ! de Moha ! vibreras-tu toujours ?
Par toi, nom de Satan, j'ai perdu ma maîtresse,
Mon avenir, usé courage, foi, jeunesse.
Ne cesseras-tu donc d'empoisonner mes jours ?
Je cède au désespoir... excusez-moi, madame :
On n'a plus de raison quand la haine est dans l'âme.

— Votre douleur ajoute à mon abattement ;
Luis, regardez-moi : ne suis-je point pâlie?
Oui! mon ambition était de la folie ;
Mais j'en ai supporté le rude châtiment.
Je cherchais le bonheur, j'ai trouvé la souffrance ;
Il s'attache parfois au toit de l'indigence,

Il peut accompagner le pauvre à demi-nu ;
Bonheur, malgré mon or, je ne l'ai point connu ! —
En Dieu j'ai confiance ; il aime qu'on espère...
Luis, je reviendrai peut-être à vos côtés.
Odieux m'est le jour où, cédant à ma mère,
J'ai souscrit aux projets par l'orgueil enfantés,

Oublié mes serments, rompu nos fiançailles.
Mais qu'il te soit permis d'user de représailles :
J'envenimai ta vie, eh bien ! torture-moi...
Je jure que mon sein n'a battu que pour toi ! »
En proférant ces mots, la baronne, entraînée,
Aux bras de son amant s'était abandonnée.—

Enlacement suave, expansible baiser,
Vous, qui savez unir dans une ardente étreinte
Deux êtres, palpitants d'amour, sans les briser ;
Aimant, qui suspendez sans y laisser d'empreinte,
Ainsi que la rosée aux fleurs de l'amandier,
La bouche d'une enfant aux lèvres du guerrier ;

Magique embrassement, source de la nature,
Qui changez notre sang en un fleuve de feu
Et l'essence de l'homme en l'essence d'un dieu,
Ravissement, par qui nous restons sans souillure,
Pendant que vous charmez ce beau couple d'amants
Une dernière fois, prolongez-vous longtemps ! —

Un instant, abattus par ce baiser suprême,
Tous deux, se contemplant, demeurèrent sans voix,
Transportés ; mais Luis, revenant à lui-même :
« Nous nous aimions ainsi, reprit-il, autrefois ;
Notre esprit vainement, Inez, se le rappelle ;
Ton espérance est morte, emportant avec elle

Mon bonheur et le tien. Il le faut ; demain soir,
On ne me verra plus errant près du manoir.
Je retourne à mon camp, puisqu'Inez me l'ordonne.
La solitude affreuse en tous lieux m'environne
Lorsque tu n'es point là pour éblouir mes yeux...
Ne me condamne point à d'éternels adieux. »

Il cessa de parler ; Inez, sur sa poitrine,
Comme un timide faon que le serpent fascine,
Venait de se cacher le visage ; soudain,
S'assurant du poignet si sa lame était prête,
Le regard provoquant, Luis leva la tête :
De Moha les toisait avec un froid dédain.

IV

Ma lectrice, pour peu que vous soyez habile,
Vous avez, comme Inez, un cavalier servant,
Parfois homme d'esprit et sot le plus souvent.
— Le *Cortejo*, dit-on, n'est pas chose inutile. —
Il se peut, certain soir, qu'il tombe à vos genoux ;
Que votre époux survienne… eh bien, que feriez-vous?

Votre joue a pâli ; le cas vous embarrasse.
— J'ai connu dans Milan la fille d'un seigneur,
Vrai joyau de beauté, d'éclatante blancheur ;
Elle avait nom Léna. Grand amateur de chasse,
Monsieur *** quittait sa femme aux premiers feux du jour ;
Il sortait d'un côté, de l'autre entrait l'amour,

Ou du moins l'amoureux ; au logis, quelle fête !
L'insoucieux Nemrod se mit un jour en tête
Que sa Léna pourrait ébrécher son honneur ;
Il revint sur ses pas. La belle, au lit encore,
Certes, ne l'attendait ; que vit-il ? on l'ignore ;
Je sais qu'il lui plongea son poignard dans le cœur.

C'était agir en brute. — A Bruges la gothique,
Une dame du monde, ardente à la réplique,
Et nerveuse au possible, avait jeune écolier.
Son mari le savait, en souffrait le martyre,
Mais n'osait là-dessus devant elle mot dire.
Enfin, plein de courage et le regard altier,

Le jaloux apparut au moment où madame,
Pour la troisième fois, faisait à son galant
Répéter la leçon. C'est peut-être insolent
En semblable entretien d'interrompre une femme;
Jugeant cette façon digne au plus d'un valet,
Le docteur en jupon la paya d'un soufflet.

De là grande rumeur, scandale, bruit, tapage ;
Un procès fut dressé, divorce s'ensuivit ;
Semblable dénoûment vaut mieux quoique sauvage.
— Un Anglais, surprenant sa compagne en délit,
Se contenta de dire : « Oh! milady, la tendre,
Avec moi sur-le-champ vous allez vous entendre.

Je partage, écoutez, notre fortune en deux :
Je garde les écus, et vous, les amoureux. »
Chacun de son côté manœuvrant à sa guise,
Ils restèrent amis. Lectrice, tu le sais,
L'apathique Albion suit en tout la devise :
Honni soit qui mal y pense. — Braves Anglais!

Le baron de Moha, d'humeur conciliante,
A la tremblante Inez fit le même discours.
Les filles de Madrid n'écoutent pas toujours
D'impertinents conseils : confuse, repentante.
La blonde Castillane embrassa son amant,
Essuya ses beaux yeux et s'en fut au couvent.

FIN D'INEZ

L'ÉTRANGE FILLE

L'ÉTRANGE FILLE

BLUETTE

I

Démon de cœur, à tête d'ange,
De par le monde je connais...
Je connais une fille étrange
Qui m'a battu pour une orange,
Qu'en badinant je lui volais.

C'est une enfant ; elle est mignonne ;
Mais elle a des muscles de fer ;
Quand la colère l'éperonne,
Rageuse comme une lionne,
Elle provoquerait l'enfer.

Pourtant n'allez point en médire,
Car elle est douce à part cela ;
Je lui dis avec un sourire :
« Viens donc ici, méchante Emire. »
Emire répond : « M'y voilà ! »

II

Or, il advint un soir d'automne
Que je tachai son mantelet ;
La petite, — Dieu lui pardonne ! —
Ne souffre pas qu'on la chiffonne :
J'en fus quitte pour un soufflet.

« Cherche donc qui te veuille suivre,
Lui murmurai-je en m'éloignant ;
Bientôt j'aurai cessé de vivre. »
Et le soir même, étant mort... ivre,
J'avais près d'elle un remplaçant.

Pourtant n'allez point en médire :
Elle est fidèle, à part cela ;
Car le matin, je fus lui dire :
« T'ai-je perdue, ô mon Emire ?
— Bah ! fit Emire, me voilà ! »

III

Elle est belle quand elle glisse
Des bras puissants du bien-aimé
Et va froisser sa gorge lisse,
Livrée entière à mon caprice,
Contre le velours parfumé.

La sauvage, dans sa tendresse,
Vrai Dieu ! m'a mordu jusqu'au sang ;
Je porte encor, — je le confesse,
A la honte de ma maîtresse, —
De ses lèvres l'empreinte au flanc.

Pourtant, n'allez point en médire;
Elle est charmante à part cela ;
Je lui dis avec un sourire :
« Vite un baiser, fougueuse Emire. »
Emire répond : « Le voilà ! »

IV

Vraiment, vous croirai-je meilleure,
Vous, qu'à l'église on voit courir,
Et qui, peut-être, en la demeure,
Soupirez en attendant l'heure
Où votre amoureux doit venir.

Emire au moins, — daignez l'apprendre, —
Emire m'aime effrontément ;
Loin de songer à s'en défendre,
Elle crie à qui veut l'entendre
Qu'un tel, madame, est... votre amant.

Pourtant, n'allez point en médire ;
Elle est discrète à part cela,
Cette étrange fille d'Emire
Qui vend au riche son sourire
Et donne au pauvre ce qu'elle a.

V

ENVOI

Je te chantais hier de la sorte,
Ma belle espiègle, ô mon amour ;

A mes couplets ouvre ta porte ,
Chacun t'y reconnaît? qu'importe !
N'es-tu pas l'idole du jour ?

Si tu disais par aventure :
« Ce portrait ne ressemble à rien. »
Tu mentirais outre mesure :
Il fut tracé d'après nature ;
Mais nous deux seuls le savons bien.

Les bigots, cherchant à médire,
Chuchoteront ceci, cela ;
En t'abaissant, trop fière Emire,
Jusqu'à leur montrer ton sourire,
Tu ferais taire ces gens-là !

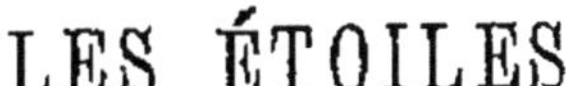
LES ÉTOILES

LES ÉTOILES

ÉPITHALAME

Dans le sentier de l'existence,
Nous cheminions, ma sœur et moi ;
Ignorant encor la souffrance,
Elle croyait ; j'étais sans foi.
De l'avenir insoucieuse,
Elle marchait, libre et joyeuse,

Sans demander où l'on allait;
Sa gaîté me faisait sourire,
Mais je n'osais jamais lui dire
Les pleurs que mon sein recélait.

Il arriva qu'un jour de fête
Ma sœur prit des *fleurs d'oranger* ;
Elle en ornait sa brune tête,
Quand apparut un étranger :
« J'aime les feux de ta prunelle,
Fit-il ; fraîche, naïve, belle,
Tu ressembles à la Candeur ;
Je suis jeune, j'ai la richesse,
Dans mon cœur chante l'allégresse :
Veux-tu partager mon bonheur ? »

Ma sœur, qui l'attendait sans doute,
Sembla réfléchir un instant ;
Puis, ensemble achevant la route,
Ils s'éloignèrent en chantant.

Je m'arrêtai sous la charmille ,
Alors vint une jeune fille
S'asseoir, pensive, à mon côté ;
Elle était longuement voilée
Et sa chevelure ondulée
Parfumait la brise d'été.

Or, dès que je la vis paraître,
D'amour soudain je fus épris,
Et, sans chercher à la connaître,
Courbant un genou, je lui dis :
« Guide-moi dans le grand voyage,
Car, seul, je manque de courage ;
Je te consacrerai mon cœur ;
Je suis blessé ; la solitude
Me fait trembler d'inquiétude ;
Veux-tu partager ma douleur? »

Ecartant vivement son voile,
La jeune fille murmura :

« Quand j'aurai vu certaine étoile,
Je répondrai !... » puis s'envola.
Mais du regard je l'ai suivie
Le long du sentier de la vie :
Souvent elle se retournait ;
Un soir, levant sa main nacrée,
Elle m'apprit qu'à l'empyrée
Ma bonne étoile se montrait.

———

LA PERLE DU MONDE

LA PERLE DU MONDE

SIMPLE CHANSON

(Air du petit homme gris.)

Il existe une fille
Qui, se jouant toujours
Des amours,
Porte sous sa mantille
Une couronne d'or,
Neuve encor

Et dit : Dieu la garde...
Et dit : Dieu la garde...
La garde pour le roi.
Mon vieux Lion (*bis*), debout ! veille sur moi.

Elle n'a pour richesse
Que de petits coteaux,
Sans châteaux ;
Mais elle a la sagesse,
Du sang pur dans le cœur,
De l'honneur,
Et dit : Dieu me garde...
Et dit : Dieu me garde...
Me garde pour le roi.
Mon vieux Lion (*bis*), debout ! veille sur moi.

Ici chacun l'adore,
Naît, grandit, meurt heureux
Sous ses yeux ;
La gloire la décore ;
Elle a force amoureux,
Envieux ;

Mais dit : Dieu me garde..
Mais dit : Dieu me garde...
Me garde pour le roi.
Mon vieux Lion (*bis*), debout ! veille sur moi.

Un Corse la courtise :
Pour l'étranger son sein
Est d'airain,
Car elle a pour devise
Les deux mots : Liberté !
Royauté !
Et dit : Dieu me garde...
Et dit : Dieu me garde...
Me garde pour le roi.
Mon vieux Lion (*bis*), debout ! veille sur moi.

La France et l'Angleterre
Ont, d'un œil irrité,
Convoité
Son petit coin de terre ;

Mais toujours elle en rit
Et leur dit :
Gaulois, Dieu me garde...
Saxons, Dieu me garde..,
Me garde pour le roi.
Mon vieux Lion (*bis*), debout! veille sur moi.

Une fois on l'a vue
Expulser l'Espagnol
De son sol,
Et, plus tard, éperdue,
Traquer, l'épée en main,
Le Germain,
Disant : Dieu me garde...
Disant : Dieu me garde...
Me garde pour un roi.
Mon vieux Lion (*bis*), debout! veille sur moi.

Cette fille est si belle
Qu'au signal du danger,
Sans songer,

Prêt à mourir pour elle,
Le Belge bondira
Et crîra :
Wallons, Dieu nous garde...
Flamands, Dieu nous garde...
La Belgique et le roi !
Mon vieux Lion (*bis*), debout ! veille avec moi !

—

TABLE

FIN

EN VENTE CHEZ LE MÊME ÉDITEUR

DU MÊME AUTEUR

[illegible] Platon, héros : Scènes d'amour.

DANS LA MÊME COLLECTION

De l'Amour des Femmes pour les Sots. 4e édit.

Bons Propos sur l'Amour des Femmes pour les Sots.

De l'Amour des Sots pour les Femmes d'esprit. Causeries par Mme *la douairière d'Auroy*.

Doit-on pleurer sa femme, par ***

Le quart d'heure du Diable.

Comédies en vers, par *Jules Guillaume*. — 1 vol. grand in-18.

Heures d'or, par *Ed. Wacken*. — 1 vol. gr. in-18.

L'Humanité, poème par *Denis Sotiau*. — 1 vol. grand in-18.

Fleurs des vieux poètes liégeois (1550-1650) avec une introduction historique, par *N. Peetermans*. Recueil publié et accompagné de notices biographiques, par *H. Helbig*. — 1 vol. grand in-18.

Flamands et Wallons, par *J. Stecher*, professeur à l'Université et à l'École normale de Liége. — 1 vol. grand in-18.

Schiller et la Belgique, par *le même*. — 1 vol. grand in-18.

Histoire populaire des Liégeois, depuis les temps les plus reculés jusqu'à nos jours, par *Ed. Gérimont*, avocat. — 1 vol. grand in-18.

www.ingramcontent.com/pod-product-compliance
Ingram Content Group UK Ltd.
Pitfield, Milton Keynes, MK11 3LW, UK
UKHW020348220726
13923UKWH00004B/1582

9 782019 274399